安水稔和詩集
辿《たど》る
続地名抄

編集工房ノア

『辿《たど》る　続地名抄』　目次

I　地名抄

艫作　へなし　14
泊　とまり　18
添沢　そえざわ　20
関金　せきがね　22
春来　はるき　24
下栗代　しもあわしろ　28
白石島　しらいしじま　30
宍道　しんじ　32
玉川　たまがわ　34
津川　つがわ　36
津和野　つわの　40

宿根木　しゅくねぎ　＊　78
宿根木　＊＊　82
宿根木　＊＊＊　86
金田新田　かなだしんでん　88
強清水　こわしみず　90
琴浦　ことうら　92
水金　みずかね　94
相川　あいかわ　98

壱岐・対馬　いき・つしま　五篇
芦辺　あしべ　100
郷ノ浦　ごうのうら　＊　102
郷ノ浦　＊＊　104
大船越　おおふなごし　106

鶏知　けち　108

IV　地名抄　瀬戸内　魚島

瀬戸内　せとうち　九篇
神ノ島　こうのしま　112
白石島　しらいしじま　114
豊浦　とようら　116
大浦　おおうら　118
真鍋島　まなべじま　122
多度津　たどつ　124
瀬戸　せと　126
井の口　いのくち　128
宮浦　みやうら　130

魚島　うおしま　十一篇

V　地名抄　出雲　石見　遠山

出雲　いずも　四篇

木次　きすき　158

湯村　ゆむら　＊　162

湯村　＊＊　164

須賀　すが　166

石見　いわみ　五篇

粕淵　かすぶち　168

湯抱　ゆがかい　170

鴨山　かもやま　172

三瓶　さんべ　174

江津　ごうつ　176

遠山　とおやま　八篇

VI 地名抄 広島 墓碑 戦災・震災

カバー絵　津高和一
装幀　森本良成

I　地名抄

艫作

へなし

海沿いに
土の道を辿る。
色とりどりの花
咲き乱れる丘を越える。

海からの風に吹かれて
夕陽に向かって歩く。

歩くにつれ近づく
夕陽に染まる椿山が。

草の道に入りこみ
ガレ場を降りて。
ハマハコベ咲く
石の浜に降り立つと。

風のにおい
波の音。
夕陽を背に
黒々と椿山。

峯伝い
椿の葉ずれかきわけ。
椿の山を登りつめ
頂きの岩場に辿りつくと。

今しも
海に日が沈む。
白い帆下ろして
幻の船が通る。

＊椿山＝艫作崎突端の小山、日本海側の野生ツバキの北限。

*帆下ろして＝帆礼。椿花咲く椿山を見て沖を通る船は帆を下ろし敬意を表した。

泊《とまり》

薄日
白きものの舞う。
山ぎわの森に
黒き鳥あまた群れ飛ぶ。

濡れて凍った
足ひきずり。

道の辺の家に入り
白湯一杯　一息つく。

奥からきこえる
男たちの話し声
女たちの笑い声。
きくともなくきく。

火のはぜる音
煮たきの匂い。
外は乱吹《ふぶき》
さてどうする　これから。

添沢《そえざわ》

一羽が鳴く
谷の奥でのどかに。
もう一羽が鳴く
谷の口でたどたどしく。

しばしの静寂《しじま》
水の落ちる音。

風の声が聞こえる
谷のむこうの気配もかすかに。

春三月
三椏《みつまた》の花の黄。
日影やや傾き
夕靄立ちそめる。

関金《せきがね》

雪降りやまず
霏霏《ひひ》。
竹藪に
湯煙流れ。
湯屋照らす
ランプひとつ。

湯船に沈む
影ふたつ。

竹撓《たわ》み
立ちあがり。
音もなく
雪煙散り。

つと寄せる肩
引き寄せて。
白い闇
朧朧《おぼろおぼろ》。

春来《はるき》

峠越えれば
春来村。
春来は墾処《はるこ》
懐かしい名。

雪に囲まれ
冬籠り。

春木燃やして
春を待つ。

やがて春めく
土の色。
椿は春の木
春まぢか。

春来峠の
雪消えて。
おまえに会える
うれしな。

＊春木＝たきぎ、割った薪。
＊「春来は䉤処」吉田成樹。「椿は春の木」柳田国男。
＊春来村＝「古くは春木と書いた。岸田川支流春木川上流域。地名は、春木神社の西の森に椿の井戸という名泉があり、椿原であった一帯を切り開いて村を作ったので椿の字を二字にして春木とした。のち春の来るのを待ちわびて木を来にしたという」（「温泉町郷土読本」）。
＊春来峠＝「美方郡温泉町と同郡村岡町の境にある峠。標高４２０ｍ。道路は山の山腹をつづら折りに春来へ続き、冬降雪量も多く……峠の東中腹、道沿いに建つ諸寄の歌人前田純孝の歌碑〈牛の背にわれものせずや草刈女春来三里はあふ人もなし〉の歌に往時をしのぶことができる」（『角川日本地名大辞典28兵庫県』）。

下粟代《しもあわしろ》

小さな土橋の手すりに腰かけて
ぼんやり煙草に火をつける。
濁った水が橋の下をくぐって
前の川に落ちる。

清濁二層となって流れ下り
川下のあのあたりで。

同じひとつの色になり
ひと曲がりして消える。

まわりの山が夕闇に沈み
すこし体が冷えてくる。
橋のたもとの家から
突然男があらわれる。

子供を頭上に持ち上げる
男のうしろから。
子供がもう一人走り出て
かん高い声をはりあげる。

白石島

しらいしじま

宿を出て船着場へ向かうと道端の灯の下に老人が立っている。近寄って踊りはどこであるのかたずねると今夜は寒いだろうと言う。寒いは言いすぎだが八月にしてはすずしい夜だ。ええまあとうなずくと。寒いから踊りはないぞと言い捨てて老人は灯の輪から出て闇のなかに消えた。耳をすましても大太鼓も口説《くぜつ》の音頭も人のざわめきも聞こえない。聞こえるのは波の音風の音山の鳴る音ばかり。カニを踏み踏み踏み砂の道戻ると丸い大きな影とすれちがう。驚いて振りむくと花芯が人の頭ほどもある向日葵《ひまわり》の花が揺れている。寒いだろう踊りはないぞと言った老人の口調が気になる気にかかる。

潮満ちてざぶり
風強まりざぶり。
足もとを波が洗う
ざぶりざぶりと。

宍道　しんじ

陸橋を渡って止まっている二両編成のジーゼルカーに乗り込む。乗客は乗りおわったのになかなか動かない。向かいのホームの普通列車も動かない。雨が降り出して線路をホームの端を止まっている列車を濡らしている。濡れた線路を上り特急まつかぜが猛然と通過する。それから下り特急やくもが猛然と通過する。それから向かいのホームの普通列車がやおら動き出す。雨足が激しくなる。忘れられたようにぽつんとホームの端っこで動かないジーゼルカー宍道発備後落合行457D列車の狭い座席に座りこんで考える。こんなことがいつだったかあったなあ。思い出したようにやっと列車が動き出した。すぐ山あいに入っていった。

玉川

たまがわ

バスを乗り継ぎ乗り継ぎ岡の上の小さな無人寺や村の中の花の木に囲まれた花の寺を訪ね歩いて。途中バス停の煙草屋から目指す宿へ電話を入れると。今日はわが家に婚礼があるのでと隣りの宿を紹介してもらう。呼鳥門抜けて海ぞいの坂を下って海ぎわの宿に着く。客はわたしたち二人だけ。さっそく隣家へ出かけるとちょうど花嫁の門出である。角隠し白無垢の小がらの幼い顔立ちの花嫁が門を出るところ。雪の残る水仙の花乱れ咲く道を遠ざかるのを見送る。宿へ戻ると夕餉。突然のことでなんの用意もありませんがと出てきたのは刺身甘えび焼魚野菜いため山菜納豆味噌汁さらに牛乳せんべい羽二重餅食べきれない。おもわず顔見合わせる。

風が出て
沖つ白波
荒れに荒れ。
やがて暮れる。

津川

つがわ

県境に近い駅で降りて小さな宿に入り川を望む小さな部屋に座って窓の外を見ていた白い線が真横に流れて視界をさえぎる時々明るんできて白い線が乱れてまばらになる川向こうに黒い林が林の向こうに灰色の山肌がうっすらと見える風の音に押されて水の音がふくれあがるそれも束の間すぐまた白い線に覆われ

て風の音川の音に包みこまれて静まりかえって無音無色の時が流れる時々遠くで物音が単調に響く白い線がいっそう白くさらに白くなり夕方が近づいたのだ。

窓の外から
女の顔がのぞく。
白い顔黒い大きな目
赤くただれた口もと。
赤くただれた
ああ。

驚きつつ
やはりと思い。

なぜやはりなのか
なぜと問い。
長い時間のはての
数えきれないなぜ。

窓の外から
わたしがのぞく。
疲れはてた顔
赤くはれた目。

窓の内外《うちそと》
闇になるまでのなぜ。
闇になってからのなぜ
なぜなぜなぜなぜ。

津和野《つわの》

次の日みんなと別れて一人北へ抜けて西へ辿るはずであった。その日の泊まりは日本海ぞいのとある駅前旅館かもしれない。その次の日もやはり西へ向かっているはずであった。真夏のこの寒さを避けがたい夢ともおもい一人噛みしめていたかもしれない。そして昼すぎにはなつかしい町に辿りつくはずであった。

曇っていた町にやっと薄日がさすはずであった。両側の家並み水の流れ泳ぐ鯉に目を奪われているかもしれない。やがて行列と行きあいそのあとについて行く。日が傾むき松林が真っ赤に染まり。松林のなかを白い羽根を夕日に染めて鷺が二羽行く。そのあとについて人々とともに行く。二羽の鷺が舞う。白い羽根をゆっくりと大きく広げて舞う。その夜その町に宿をとるはずであった。その町の朝はなつかしい嬉しい朝であるはずであった。

七つ島

ななつじま

輪島の町を出はずれるとあかるい海。沖にいくつも小島が見える。あれが七つの島の七つ島か。目をこらして数えると小島は四つ、いや五つ。しばらく行って沖に目をやると小島は八つ、いや九つ。曽々木に着いて岩の壁に立って沖を見ると七つのようで六つのようで五つのようで。黒い小さな島影がくっついた

り離れたりあらわれたり消えたり。日が西に
傾むく。波が光ってまぶしい。

目にしたものはかならず存在するのか
目にしなかったものは存在しないのか。
岩に座ってゆっくりと考える
島はいくつあるのか。

＊七つ島＝大島・狩又《かりまた》島・竜《りゅう》島・荒三子《あらみこ》島・烏帽子《えぼし》島・赤島・御厨《みくりや》島の七島。名前のついている七島の周辺に名前のない小さな子島・孫島がいくつもある。

II 地名抄

高梁《たかはし》 四篇

高梁 ＊

道を一筋まちがえたらしい
気がつくと。
黒牛赤牛 斑《まだら》牛
牛の大群のただなかにいた。

渦巻きまといつく鳴き声
くぐり抜けて。
牛の市脱出
宿に辿りつく。

動かない部屋の窓
無理やり引きあけると。
どっと牛の臭いが
ざわざわと牛たちの気配が。

高梁　＊＊

臥牛山《がぎゅうざん》山腹
ニホンザル二百匹。
親猿子猿若者猿
山から戻ってきたところ。

ここでは人が
檻《おり》のなか。

檻のむこうで
猿走る。

金網のすきまから
人の子が豆突き出すと。
金網の外で
猿の子が豆の皮むく。

高梁　＊＊＊

櫓《やぐら》を囲んで
そろいの浴衣が踊る。
夜店が並び
人が溢れて。

踊りたけなわ
驟雨《しゅうう》来。

子供の声女の声下駄の音
ひときわ高く唄声が。

西瓜ひとつ
ぶらさげて宿に戻る。
雨音に包まれて食べる
雨いっそう激しく。

*松山踊り、盆踊り。

高梁　＊＊＊＊

夏八月
晴天つづき。
乾いた河原に
細く光る流れ。
石塊《いしくれ》踏み踏み
水辺に辿りつき。

生ぬるい水に
体をひたす。

水の流れに
身をゆだねれば。
魚たちがはねる
飛沫《しぶき》がひかる。

湯原《ゆばら》 三篇

湯原 ＊

この夏は
悪い夏だった。
出かけてみると
湯に入れない。

宿を出て
川のそばの砂湯へ行くと。
石と砂と泥が流れこみ
川の水ざぶざぶ。

水の引いた岩場には
取り残された魚が。
岩かげでピクピク
動かないのも。

＊豪雨で泉源が水没。
＊砂湯＝川床に自噴する露天風呂。

湯原　＊＊

夜　ふたたび
砂湯に出かける。
水掻き分けてまんなかまで出ると
石の下から湯が湧き出している。

やっかいなことだ
いったん入るともう出られない。

濡れた体を外気にさらすと
夏というのに寒気がする。

生ぬるい水に
首まで漬かって。
岩にしがみついて
ふやけた体をもてあます。

湯原　＊＊＊

靴を脱ぎ
靴下を脱ぎ。
ズボンの裾を折って
古びたボートに乗る。

ダム湖のなかに小島ひとつ
白い山羊が一匹。

人なつかしげに
水ぎわをまわる。

この湖の底に沈む
枯れた木。
枯れた井戸
枯れた村。

薄曇り
風寒く。
素足つめたく
手が冷えて。

蝶と朱鷺《とき》　三篇

妙高《みょうこう》

＊

山頂の岩に腰をおろして
風に吹かれていると。
突然あらわれた
褐色の小さな蝶。

風に流されるように漂い
手をのばすと宙に浮き。
飛び去るとみえて立ち戻り
足もとの岩に止まり去ろうとしない。

そこに蝶がいる
わたしと蝶だけがいる。
風が止む
日の光が降りそそぐ。

妙高　＊＊

目のしたに
尾根が走り。
谷がひろがり
丘がうねり。

川が光り
家々が集まり。

蜘蛛の糸のように
道がのび。

あれが黒姫
あれが戸隠。
あの光るのが
野尻湖。

遠く遠く
白い雲が流れ。
頭上には
真夏の太陽。

眉丈山《びじょうざん》

よく晴れた夕方山頂で待つ。山といっても低い丘の連らなり。畑があって林があって。畑の隅に立ち空を見上げて待ちしゃがんで待ち歩きまわって待ち空を見上げ林をすかし見て。ただ待った。ただただ待っていた。突然来た。二羽。黒く見えた。黒っぽい灰色に見えた。遠く林をかすめて飛んでいた。向きを変えた白く見えた。近づいてきて淡紅色になった朱鷺色になった。トキだ。トキは丘の茂みのむこうに姿を消した。トキの消えた茂みのむこうに夕焼けの空が光る海が燃えていた。

＊トキ＝朱鷺、鴇、桃花鳥、どう。学名ニッポニア・ニッポン。

山田幸平と 三篇

福浦 ふくら

金沢で落ちあって能登半島を北へ向かった。座り疲れたので羽咋《はくい》で下車した。雨が降ってきたので番傘を買った。寒いので熱いうどんをすすった。神社があったので奉納額を眺めた。郵便局があったので出し忘れていた手紙を投函した。発車ベルがなったので電車に乗った。終点に着いたので降りると三明《さんみょう》という町だった。駅前にバスが二台待っていた。富来《とぎ》行と福浦行。どちらに乗ろうか。二人別々のバスに乗ろうと言って二人同じバスに乗った。乗ったのが福浦行だったのでバスを降りると福浦だった。海沿いのぬかるんだ道を番傘さして歩くと雨がやんだ。とたんに小便がしたくなって道ばたで二人並んでやらかしていると波の音が聞こえてきた。音をたよりに歩いていく。この調子でどこまで行けるかなあ。

金沢《かなざわ》

宇出津《うしつ》の港の見える飯屋で二人並んで親子丼を食って。船が出るまでチカチカ光る港をぼんやり見ていた。海の上ではこのうえなく爽快だった。しぶきが私を濡らした。疲労が骨の裏側や胃袋の裏側や足の裏にたまっているのがよくわかる。七尾《ななお》から金沢行の電車に乗り込むと船のなかで倒れ伏していた男が急にしゃべりはじめた。男はとどまるところなくしゃべりつづけ私は終始黙りこくっていた。旅はもう終わったのだ。金沢駅の食堂で野菜サラダ二皿を前に生ビールで乾杯。お互い黙ってニヤニヤだらしない笑いがこみあげてくる。男は西に帰る、私は東へ向かう。私たちは握手して別れた。

萩《はぎ》

宿の西陽の当たる玄関脇で若乃花快勝の一番をテレビで見て部屋に戻って夕食すませて。さて、どうする。散髪に行こうか散髪に行こう。それで出かけた。店に入るといらっしゃいいっせいに立ちあがる数人の若い女性たち。ふとあわてたじろぐわたしたちをそれぞれ二、三人がかりで椅子に押えこみいっせいに髪を刈るやらひげを剃るやら頭を洗うやら肩をもむやら。閉店時間ぎりぎりに飛びこんできたわたしたちを帰り支度の皆さんはとにかく早く片づけなければと寄ってたかって片づけたらしい。寄ってたかっててきぱきと片づけられたわたしたちはいい気分で下駄の音ひびかせて土塀の続く乾いた道を宿へ向かった。

III

地名抄

佐渡

壱岐・対馬

佐渡《さど》　十篇

入川　にゅうかわ

波の村
風の村。
潮のにおいのする村
無人の浜へ出る。

佐渡の海府《かいふ》は
夏よいところ　ヒイヒイ。
冬は四海の
波が立つ　ヒイヒイ。

カラスが飛び立っては
風に流される。
波が崩れる
波音があたりを包む。

＊のさ節。

歌見《うたみ》

バスを降りて
雪のなかに取り残される。
バスはもうありません
最後の便が手前の村まできているとか。
そこまで歩いて戻ることにする。

海からの風

雪まじり横なぐり。
足もとおぼつかなくなるころ
やっとめざす村に辿り着く。
まもなくバスが来てここで折り返すとか。

ほっとして
急に腹が空き。
バス停の雑貨屋に入って
店先のアンパンひとつ買って食べる。
風の音にまじって雪のきしむ音が近づいて。

宿根木《しゅくねぎ》　＊

切り通しで
自転車押した郵便配達人。
黒マントひるがえし
一言の暖かいあいさつ。

岩と波と凪
集落に足踏み入れる。

湧き清水流れる小川
うねうね辿り。

板囲いの家々のあいだを
くぐり抜け。
寺に行きつく
椿花咲く寺。

門を入って
右手の崖のくぼみに。
石仏が数体
並んで立っている。

片隅に小さな石地蔵たち
何十となくかたまって。
すべて首が欠けている
欠けた首がかたわらに積んである。

にわかに
射す日の影。
鮮やかに
色変える苔。

寺のうしろにまわって

声をかける。
風の音ばかり
ごうごうと鳴る。

宿根木　＊＊

切り通しを抜けると
雨の岩場。
荒れ狂う
風の海。

浜を男の子が四五人走る
大波とたわむれている。

大声あげている
波音に消される声。

きのう優しかった板囲いの家が
今日は黒く濡れてよそよそしくしゃがみこむ。
きのうあれほど優しかった小川が
今日は渦巻いて迫り足もとを洗う。

黒いマントの女が
路地からあらわれて路地に消える。
濡れた路地やっと抜け出して
寺に行きつくと。

風音が消えて
わずかに日が射し。
家並みを越えて
波の音かすかに遠く。

竹がざわめく
裏の崖が鳴る。
案内を乞う
在宅。

宿根木　＊＊＊

障子が明るんだり
暗くなったり。
木の影が激しく揺れ
ぴたりと静止する。

住職と
先客の老人とこたつに入って。

ぼつぼつと四方山話
あれこれととりとめなく。

障子がかげってきて
いとまを告げる。
一気に暗くなり
雨横なぐり。

＊住職＝林道明師。小木町公民館長。若年の頃、神戸市兵庫区須佐野通の真光寺で修行したとか。
＊先客の老人＝元佐渡汽船船長。

金田新田　かなだしんでん

雨がパラつく
段丘上の細道を辿る。
山ぎわに海蝕洞
洞内に磨崖石仏。

石仏の前に
小石仏あまた。

笑う仏　怒る仏
歌う仏　眠る仏　目のない仏。

洞の前に
欅の大木。
風に鳴り
雫を落とす。

強清水　こわしみず

激しい西風を背に受けて
つんのめりそうになって歩く。
首筋が切られるよう
冷えた頭が痛い。

曇ってきたと思ったら
急に降り出した。

うしろから
叩きつけるように。

椿の木に
雀が群れて騒いでいる。
椿の木の下に駆けこむと
どっと雀が飛び立った。

琴浦《ことうら》

汗と雨のしずくと
熱くて寒くて。
つんのめりそうで
重いもの引きずっているようで。

谷にかかる。道は下りながら左手へ迂回して
谷の向こうに取りついて。右手に上りながら

迂回して。向こうの岩鼻にとりついて。その岩鼻のあたりから緋色のマントが下りてくる。竹藪が鳴る。竹がしなる。風が止む。緋色のマントが近づく。行きちがう。行きちがって会釈。白い顔。それから一気に谷を上りきって振り返ると。谷の向こうで振り返った緋色のマント。白い顔。

またも吹きつける
雨と風。
目のなかに押し入ってくる
鈍い痛み。

水金　みずかね

町はずれの
小さな橋の上に立つ。
急傾斜の川底を流れてきた水は
橋をくぐって海に注ぐ。

海に日が
傾いている。

目の下から水平線まで扇状に
海は広がり輝やく。

小さな川の
小さな橋の上。
いつでもない時間
どこでもない空間。

まぶしく目を細めると
ふと通りかかる人影。
それは十一の娘くににまちがいなく
声をかけようとして。

どうしたことか
声が出ないわたしの横を。
娘くには通りすぎる
何度もくりかえし通りすぎる。

＊　相川へ北から入るとき小さな橋を渡る。気をつけていないと気づかぬ位、小さな川だ。水金川である。水金遊廓のあったところだ。

「相川の遊廓が山崎町会津町から水金町へ移転してきたのは享保二年（一七一七年）のことで、水金川をはさんで当時廓十一軒遊女三十余人であったという。以後二百三十年、昭和時代まで存続する。相川四十物町の娘くにが十一歳で水金町楼主安兵衛に売られたのは文化四年（一八〇八年）のこと。十年奉公で七貫文で売られている。その証文次のとおり。

〈右くに奉公相勤め候うち、取逃げ駆け落ちつかまり候はば、三日のうちに尋ね出し、雑物の品々相納め、差しつかはし申し候。もしまた悪いわずらいなどでき、或は御気に入り申さず候はば、給金きっと相返し申し候。この女不心得にて、いかやうの死つかまり候とも、諸親類にいたるまで少しも申し分御座なく候。右のくに幼少にて御座候間、見世出し候よりまる十年の奉公相勤め候うち、金銀にて請出し人御座候とも、我等とも何にてもかまひなく御座候。御心しだいになされべく候。さてまたくに勤めのうち、奉公いたさず候はば、いかやうにお使いなされ候とも、また何方へ遺はされ候ともかまひ御座なく候。〉

父親は無筆、書いたのは楼主。別紙証文によれば、くには二年後十三歳で見世に出た。」

（浜口一夫『佐渡風物誌』）

相川《あいかわ》

バスで乗りあわせた土地の者ともみえぬ帰郷者ともみえぬ旅行者ともみえぬ黒ずくめの若い女。無表情の気がかりな顔。

店先へ飛びこんできて泣きだし頭を柱に打ちつけ泥だらけになってよろよろと出て行った若い男。ひきつった放心した顔。

崖下で土を掘って遊んでいた男の子。青黒い顔。崖の上の椿の木に登って椿の花をむしっていた少女。ひび割れた踵《かかと》。それから。

記憶の籠からばらばらばらと散る
鮮やかな
人の形。

壱岐《いき》・対馬《つしま》　五篇

芦辺　あしべ

台風来
雨になる。
対州丸は
壱岐止まり。

停船
ハシケに乗り移り。
雨に煙る
入江の奥の漁村に上陸。

雨あがる
水ぎわの草光る。
黒い牛が草を食む
海にこぼれ落ちそう。

郷ノ浦　ごうのうら　＊

雨はやんだが
風が激しくなってきた。
暗い縁側で椅子に座って
Mさんと壱岐焼酎山之守汲みかわす。

Mさんに三つの祭をすすめられる。
船で湖を渡る祭
山の上から降りてくる祭

いまひとつは丸一日踊り狂う祭。

ぜひ見なさいよ
とにかくすばらしい　すばらしいんだから。
行きたいなぁ
行こう　きっと行きます。

庭の向こうの崖下は
暗い港　暗い海。
海の向こうを
台風只今北上中。

＊Mさん＝芳賀日出男、民俗写真家。丸一日踊り狂う祭は三河の花祭。

郷ノ浦　＊＊

早朝。
日の当たる縁側で
雛人形眺め。
青草茂る庭で
壱岐凧あげる。

午後。
鬼百合の花咲き乱れる
港をあとに。
台風の去った玄海灘を
一路北上。

大船越　おおふなごし

夕闇迫る橋の上に立てば。
日はすでに沈み
夕もやが集落を覆う。

橋の下をイカ釣り船が
次々と東の海に出ていく。
道路脇に碑が二つ。

闇の流れはじめた水の上。
灯の洩《も》れはじめた
家々のたたずまいをうかがい。

百年前にこの地で起こった
ことの次第に思いをひそめ。
黒々としずまる山々の闇。

＊浅茅《あそう》湾と東の外海を結ぶ水路にかかる橋。
＊松村安五郎死事碑と吉野数之助記念碑。文久元年一八六一年露艦ポサドニック号対馬侵入事件に際して、当地で百姓安五郎と番所の士吉野数之助が殺害された。

鶏知《けち》

山越えの
闇を走る。
ヘッドライトが
凸凹の道を照らし出す。

のぼりつめて
車を停める。

東の海は
いちめんの灯の海。

イカだね
と運転手。
イカねぇ
とわたし。

暗い
深い空の下。
海が燃えている
生き物のように息づいている。

Ⅳ

地名抄　瀬戸内　魚島

瀬戸内《せとうち》　九篇

神ノ島　こうのしま

春三月
船に乗る。
狭い船室のガラス戸が
小刻みに音高く震えだす。

海が動きだす
うしろへうしろへ。
波のむこう
赤茶けた埋立地が遠ざかり。

視野にすべりこむ
緑の島影。
家が見える　道が見える
花が　黄色い花が。

白石島　しらいしじま

上甲板に出る。
風はつめたいが
日の光は
もう春。

少年二人。
あれは神ノ島です

白石島はむこうです。

四国は見えるかしら。
見えるときもあります
今日はかすんでますが。

少年たちは白石島で下船。
四角ばって答えてくれた少年も
押し黙って海ばかり見ていた少年も
帽子を取ってぴょこんとおじぎをして。

豊浦《とようら》

船着場には
石の鳥居が立ち。
小さな待合室がぽつんと
まるで新派か新喜劇の舞台。

家並み通り抜け
足の向くまま歩く。

石切り場　石の細工場
中学校校庭の石のオブジェ。

石の島
歩き疲れて。
船着場に戻り
さて。

＊北木島。

大浦《おおうら》

潮風に揺れる暖簾《のれん》くぐって
ビールを注文。
壁のお品書きの値段が
すべて訂正されている。

うどん　二十五円に
線が引かれて三十円。

それにも線が引かれて
四十円が現在の値段。

片隅の箱が突然
愛しちゃったのよ。
とぎれとぎれの
雑音ばかりの愛しちゃったのよ。

やがて網走番外地に
それから柔《やわら》に。
けんめいにシングル盤まわしてくれる
小がらな笑窪《えくぼ》の娘よ。

目の前の煮魚の名をたずねると
ゲタです。
ゲタ？
ええ　ゲタ。

日の傾むく頃
島をあとにする。
海は光のさざなみ
揺れ動きやがて消える。

＊北木島。

真鍋島　まなべじま

日が沈む
空の吐息。
夕凪《なぎ》が訪れる
海の眠り。

エンジンが
止まる。

夕闇の島影から
小舟が近づく。

女たちが
乗り移る。
小舟が
戻っていく。

ふたたび
エンジンがかかり。
遠ざかる島
消える花の香り。

多度津

たどつ

男が一人
船室に座りこんでいる。
低い天井を気にしながら
男から離れて座る。

窓の外はとっぷり暮れて
耳を圧するエンジン音。

うす暗い船室で
男の視線とわたしの視線がからむ。
多度津はどのあたりでしょう
男は目をそらして窓の外を指差す。
男の指差すあたり
目を凝《こ》らして見るが闇ばかり。

瀬戸　せと

どちらを見ても
島ばかり。
川のように
流れる海。

人が歩く
バスが走る。

山腹のミカン畑
集荷用ケーブル。

あらわれる島
消える島
形の変わる島。
船は走りつづける。

＊大三島。

井の口　いのくち

手を入れれば染まる
青い潮の流れ。
そのとき流れてきた
無数のミカン。

あとからあとから
流れてくるミカン。
目の前を流れていく
無数の黄。

＊大三島。

宮浦　みやうら

海に面した
埃だらけの食堂。
飯に刺身に
ビールの昼食。

縄暖簾《なわのれん》の向こうで
海が鈍く光る。
船が右へ左へ

大きな船小さな船。

ダメ　てんでダメ
そうかなあ　フェリーもできたし。
便利になったからかえってダメ
通り抜けというわけか。

女主人が片膝立てて
年配の客と話している。
次の船で
この島を去る。

＊大三島。

魚島《うおしま》　十一篇

弓削島　ゆげしま

砂地の道を歩いていくと。
松林があり
砂浜が広がり。
西日のした光る海。

島々黒々と
佐島　田島　生名《いくな》島。

港へ戻る。
次々と船が入っては出ていく
バスみたい。

村営船うおしま着岸。
煙突に鮮やかに
丸に魚の字の標識。

豊島　とよしま

南下して
燧灘《ひうちなだ》に出る。
東に向きを変え
島に近づく。

防波堤の間隙に
船首を突っこんで停止。

側壁の階段に
板を渡して。

自転車を押して中学生
風車を手に幼稚園児。
風呂敷包み両手に
盛装のハイヒールの娘。

乗客の半分がここで下船。
エンジンの音高く
船は後退
出港。

高井神島　たかいかみしま

西日傾むき
円錐形の島が近づく。
中腹に白い灯台
岩の崖にコンクリートの岩壁。

ゆっくりと
近づいて。

綱が投げられる
板が渡される。

岸壁に子供たちが
ふざけている子　泣き出す子
しゃがんでこちらを見ている子。
犬が走る　白い犬が。

板をはずし綱をほどく
西日を背にひた走る。
波の果て
刻々近づく島影。

魚島　＊

一回転して着岸
所狭しと並ぶ漁船。

港を囲んで
山の中腹まで人家がぎっしりと。
港も家々も山も
島はうす紫色の煙に包まれている。

さまざまの物音が人の声が
木霊《こだま》し合い。
一日の終わりの忙しさ
人間の営みの気配。

揺れる板踏みしめて
上陸。

＊魚島＝燧灘《ひうちなだ》中央にあり本土とも他の島とも隔絶した孤島。平均傾斜度29度。今治へ31キロ。尾道へ28キロ。藩制時代は今治藩。現在は愛媛県に属している。

魚島　＊＊

島をのぼる
のぼるにつれて汗がにじむ。
汗とともに
展望が開ける。

除虫菊の
白い花。

斜面一面
覆って揺れる。

強い日ざし
吹き抜ける潮風。
山腹に立つ
時の歩みが止まる。

魚島　＊＊＊

山頂近くに八幡社
その境内に。

石の角柱に刻まれている
「奉献百度石鯛網中」。
石燈籠に刻まれている
「胡（鯛の絵）網奉寄進」。

岩陰に
石仏が刻まれている。
そのまえに素焼の徳利が置かれて
野の花が投げ入れられている。

魚島　＊＊＊＊

頭上の欄間の額を見上げる
鯛網の絵だ。
とたんに電気が消える。

わたしは沖へ出ている
網を引きあげる。
水しぶきをあげて鯛がはねる。

気がつくといつのまにか
わたしは網のなか。
水しぶきあげて油汗流してもがいている。

＊明治大正の頃は鯛網一網数万尾とか。
＊訪島当時、電気は村で発電していて、日没から午後十一時まで送電していた。

魚島　*****

木蔭を縫って
坂道を下る。
目の下に屋根がつづき
その先に港が光る。

大樹の下
大石に腰かけて一休み。

風がすずしい
ヒグラシが鳴きたてる。

犬が寄って来る
汚れた犬がおずおずと。
子供が立って
こちらをじっと見ている。

手に赤い花
ひょいと口に入れて走り去る。
犬があとを追う
ざわめく葉叢《はむら》。

魚島　＊＊＊＊＊

突堤に
干された海草。
繫いである小舟にも
干された海草。

ふりかえると
裏山へ家々が這いのぼる。

わずかのこの地に
しがみつくように。

屋根が揺れている
ゆらゆら揺れている。
強い日ざしの下
ゆらゆらゆらと。

魚島　＊＊＊＊＊＊＊

岩鼻をまわって
伝馬船が来る。
沖に白波
海のむこうは煙っている。

わたしは来た
ここへ。

それでこれから
どこへ。

それにしてもなんていいお天気だ
胃袋のなかまですっかりお天気だ。
風　波　船
太陽　ああ。

伝馬船が近づく
老人が仁王立ち。
曲がった腰
まっすぐのばして。

伝馬船が通りすぎる
ゆっくりと。
目の前を　いま
ゆっくりと遠ざかる。

沖ノ島《おきのしま》

目の下に
海のなかに。
小さな島が
ぽっかり浮かぶ。

青いすきとおった水
じっと見ていると。
小島の真下まで

見えるよう。

名もない無人の
小さな島。
まるで浮島
島の島よ。

いつか夢のなかで
わたしはおまえを見るだろう。
日は中夫
動かず。

*沖ノ島=魚島の古名。

V

地名抄

出雲　石見　遠山

出雲《いずも》　四篇

木次　きすき

驟雨《しゅうう》
冷える足もと。
広場のはずれに
かすむバス停。

バスが来て
走って行って乗りこむ。
ずぶぬれ
寒い背。

身ぶるいして
発車。
川に沿い
山に入る。

迫る淵
深い杜《もり》。

雨小やみ
霧が流れる。

川が大きく曲がるあたりで
バスを降りて。
まっすぐ歩くと
見えてきた。

満山黄葉《もみじ》の
谷あいに。
立っていたのは
あれは　たしか。

振り向いたのは
そう　たしか。
あれは
あの人。

＊川＝斐伊《ひい》川、簸《ひの》川。
＊淵＝天が淵、八岐大蛇《やまたのおろち》が棲んだという。
＊杜＝櫛名田姫《くしなだひめ》の父母、足名椎《あしなづち》手名椎のいたという杜。櫛名田姫、奇稲田姫は素戔嗚命《すさのおのみこと》の妃となる。

湯村《ゆむら》 *

川沿いに湯宿
石段降りれば湯屋。
川のなかから湧く
湯に入る。

雨の音
川の音。

湯の湧き出る音か
風の声か。

目を閉じれば
耳もとに鳥の声がきこえるようで。
目を開けば
湖に浮く水鳥の姿が見えるようで。

＊湯宿＝出雲国風土記に見える古湯。湯之上館《ゆのうえ》がある。
＊湖＝宍道湖《しんじ》。

湯村　＊＊

夜
傘さして下駄はいて。
暗い石段降りて
湯屋に出かける。

湯屋は湯気と人いきれに満ちている。若い父親と幼い男の子。父親が湯を飲むと男の子も

湯を飲む。それから湯船に入って五十数えて
もう二十おまけに数えてあがっていった。

湯屋の出口でさっきの男の子と若い母親に出会う。女が会釈するわたしも会釈する。男の子に声をかけると男の子は勢いよくぴょんぴょん板の上を飛び跳ねた。

湯屋を出て雨の道に立つと
川沿いの闇のむこう。
ゆらゆらと消える黒い影
あれは。

須賀　すが

山のなかの湯をあとに
湖へ向かい。
須我神社に立ち寄る。

八雲立つ
出雲八重垣　妻ごみに。
鳥居脇に石碑。

境内で
老人に声かけられて話しこみ。
社務所にあがりこんでお茶をよばれる。

バス停脇の土手に椿の茂み
実を拾い持ち帰って植えると。
やがて芽が出て。

＊須我神社＝島根県大東町須賀にある。和歌発祥の地。祭神は須佐之男命と櫛名田比売。

石見《いわみ》　五篇

粕淵　かすぶち

布野《ふの》過ぎて
雪残る赤名《あかな》を越える。
深い山ひだ
陸の波。
丹念に辿り

谷へ降りる。

夕暮れて
浜原《はいばら》通過。
黒い家並み
洩《も》れる灯。
川が大きく迂回して
駅があらわれる　黒々と。

＊三江北線、粕淵駅。

湯抱《ゆがかい》

バスに乗る
すぐ降りる。
水の音
目の前を鳥が横切る。
春三月
山道辿る。

枯笹
ざわざわと鳴り。
枯枝に
赤い実が鈴なり。

小川のむこうに
宿あらわれる。
ひっそりと
夕日浴び。

鴨山　かもやま

下駄ひっかけて
歩きにくい山道《やまみち》伝い。
裏山にのぼり
鴨山を探す。

正面に見える峯《タヲ》二つ
形の好い山。

山というか丘というか
ぽこぽこと並ぶ。

どれが鴨山なのか
わからない。
どこにでもある
見なれた風景。

*鴨山の岩根し枕《ま》けるわれをかも知らにと妹《いも》が待ちつつあらなむ　柿本朝臣人麿。
*人麿がつひのいのちを終りたる鴨山をしも此処《ここ》と定めむ　斎藤茂吉自筆歌碑。
*「鴨山は湯抱から正面に見ることの出来る山で……よく見ると峯が二つになっていて所謂タヲを形成し、形の好い山である」（茂吉）。撓《たお》は峠、鞍部。

三瓶　さんべ

真昼。
次々とあらわれる笹山を
あきることなく見ていると。
遠く雪の山なみ
次々とあらわれて
いつしか取り囲まれて。

夜。
雪におおわれた池のほとり
水ぎわに立つひとがいて。
すくいあげるしなやかな白い手から
雫《しずく》したたり
月の光に輝やく。

＊浮布池《うきぬののいけ》。

江津《ごうつ》

停まっていた列車に
ふらりと乗って。
川下《かわしも》の駅で
下車。

川原に降りて
こわれた川舟に腰かけて。
川の流れに石を投げ

ウイスキー口飲み。

夢中
川下り。
川面を流れる
やさしい唄声。

川本　川越
川戸　川平。
江川下って
江津で目覚める。

*かわもと、かわごえ、かわど、かわひら、ごうがわ、ごうつ。

遠山《とおやま》　八篇

遠山　とおやま

早瀬過ぎ
川合過ぎ。
水窪過ぎ
大嵐過ぎ。
小沢過ぎ

鶯巣過ぎ。
天竜遡上
平岡到着。
遠山川辿り
程野に至る。
遠山に
遠き郷《さと》見ゆ。

＊はやせ、かわい、みさくぼ、おおざれ、こざわ、うぐす。

和田《わだ》

バスに乗る。川沿いを土煙あげて走る。山が迫まる。集落に着く。バスを降りる。乗り継ぎに三時間待ち。土埃かぶった家が立ち並ぶ。道に立てばむこうのはずれからこちらのはずれまで見通せる。無人。水が流れる。

土間の壁ぎわにパチンコ台が立っている。玉を一つずつ入れては弾く。弾いた玉は三つに一つは穴に入り受け皿はすぐに一杯になり。だから入らないように狙うことを心がけているうちに日はいつしか傾き。

火見櫓が赤く染まり夕靄棚びく道のむこうから赤く染まったバスが土煙をあげてやってくる。どこからともなくあらわれた老若男女でバスは見る間にいっぱいになり。ゆらり揺れて走り出す。

程野《ほどの》　＊

崖下
竹藪。
まっくらな車内
人家の灯が目に染みる。

谷あいの
石ころ道登りつめ。
身震いして

停車。

バスはすぐ折り返し
人々は夕闇に消え。
山の中に
ひとり取り残される。

川ぞいに歩いていくと
細い山道になり。
それもとだえて
山の静寂に包まれる。

＊往時の秋葉街道。

程野　＊＊

川に沿って戻り
一軒二軒三軒声かけて断わられ。
四軒目でやっと
お婆さんにお入りと言ってもらって。

上がりこんで
こたつに入って。

冷えた体温め
夕食をいただく。

こたつに並んだのは。
丼に御飯
丼に野菜のぶつ切り入れた味噌汁
丼に盛り上げた白菜の漬物。

漬物がうまかった
おかわりは。
おねがいします
全部たいらげた。

程野　＊＊＊

奥の間のふすまのかげから
幼い女の子が二人かわるがわる覗く。
そのうち出てきてこたつに入って
わたしの顔をじっと見ている。

奥の間から女の子の声が聞こえる
大きな声で繰り返し叫んでいる。

覗きこむと無人の部屋にテレビが一台
鮮明な画像がチョコレートのコマーシャル。

こたつの向こうに
小さな顔ふたつ。
鮮明でないわたしの顔を
じっと見つめている。

＊幼い女の子は二つ半と一つとか。

程野　＊＊＊＊

石段登ると
八幡社。
広い土間は人の渦
人いきれと煙と湯気と。

土間の中央に
かまどが二つ。

釜のまわりを
面をつけた男たちが舞い狂う。

娘たちが笑いさざめき
若者たちが言い争っている。
周囲の壁によじのぼる男たち
幼い子が踊りのまねごと。

笛と太鼓と
人々の囃し声。
終わりそうにない祭り
終わりのない時間。

鋭い笛の一声
ふと気配が変わる。
人が去る
祭りが終わる。

外に出る
谷底の村はまだ暗い。
谷あいの暗い道
人が消える。

山あいの一筋の空が

白らみはじめて。
みるみる明かるんできて
祭りは終わる。

＊遠山祭。

程野　＊＊＊＊＊

谷川ぞいにバス停まで歩く。かたわらの石に腰かけて始発のバスを待つ。なかなか来ない。通りかかった人にたずねると今日はバスの終日スト。道ばたの草のうえに座りこむ。

鞄から五万分の一の地図を取り出す。地図は二枚。一枚の右上に程野があり道は斜めに左

下へ走ってもう一枚につながりさらに左下へ
走ってやっと駅に辿りつく。

歩くしかない
とにかく歩きだす。
祭りの村をあとに
川下へ歩く。

木沢　きさわ

川に沿って歩く
うしろから車が。
材木積んだ大型トラック
手をあげる　止まる　乗せてくれる。

ほっとしたのも束の間
しばらく走って降ろされる。

左手の林道へ
土煙あげて走り去る。

また歩く
また車が。
雑貨屋の小型トラック
手をあげる　止まる　乗せてくれる。

走り出す　揺れる　頭を打つ
日が照りだした。
止まる　降ろされる
また歩きだす。

Ⅵ

地名抄　広島　墓碑　戦災・震災

広島《ひろしま》 六篇

広島 ＊

町へ出て歩く
歩き疲れると宿に戻って横になる
目がさめると宿を出てただ歩く。

川　橋　街路

商店街　映画館　バスターミナル
川　橋　広場。

人が流れ
日常の陰から
棘のごときものが突き出しておれを刺す。

宿の夕食に出た煮魚をていねいに食べる
ああ　おれは生きている
こうしてここに生きている。

広島　＊＊

朝の広場に
鐘が鳴っている。
ゆっくりと
重苦しく。

人垣が
どっと崩れた。

今年も無事だった
今朝も無事にすぎた。

散りはじめた
人々のうえに。
空から
折り鶴が降った。

小道に植え込みに
バラの茂みに。
人々の頭や肩に
折り鶴が止まった。

広島 ＊＊＊

昼の広場の片隅に
父と母と子の三人の像が立っていた。
子供の背たけほどのところに
丸い小さい穴があいていた。

人々が耳を押しつけて
聞き入っている。

なにが聞こえるのか
なにを聞こうとしているのか。

日の当たる芝生に
腰をおろして。
耳すます人の心に耳すませていた
わたしの心にも。

広島　＊＊＊＊

夜の広場は
火の渦。
線香の煙
立ちこめて。

人々が詰めかけて
膝ついて。

首《こうべ》を垂れて
動かない。

光の輪の端で
子供たちが。
声あげて
走る走る。

広島　＊＊＊＊＊

夜の川岸に人々が群れている。

四角い木の台のまんなかにローソクを立て四隅に竹の棒を立てる。赤か青かそれとも真っ白の紙をくるりと巻いてローソクに火をつける。水ぎわに降りて行って水に浮かべる。

上げ潮である。水は川上へ動く灯籠はゆっくりと川上へ動く。ゆっくりと揺れてくっついてもつれて揺れながらゆっくりと川上へ。ゆっくりと。

川燃える。

三原　みはら

車窓に広がる
おだやかな海。
キラキラ光る波
目にしみる緑の島影。

車窓に映る
日焼けした顔。

ひげにおおわれた顔
血走った眼。

列車は
音高く。
山間部を抜けて
平野に駆け降りる。

墓碑　四篇

稲武　いなぶ

バスは川沿いの道をぐんぐん上り
上りつめると広々とした高原を走る。
思い出したようにぽつんと人家が
やがて川沿いの道を下りだす。

抜けるような冬空
見るともなく見ていると。
キラと光るものが
山の頂きにキラリと。

墓だ　あれは
はるかの高みに。
空のまぢか
空に向かって立つ。

高千《たかち》

海ぞいの
段丘を行く。
わずかの田畑
やがて岩の岬。

切り通し抜けると
下り坂。

入江があらわれて
村ひとつ。

崖下に
墓が並ぶ。
海に向かって
立つ。

切り通し抜けると
また下り坂。
また入江があらわれて
また村ひとつ。

大野亀　おおのがめ

白いものがちらつく。
岩鼻をまわると
道の辺の草むらに墓
二つ並んで立っている。

古びた小さな苔むした墓
先祖代々之墓と。

大きくて立派な新しい墓
故陸軍歩兵一等兵某々之墓と。

大きくて新しいのが
ぽつんと立っていると思ったら。
土橋渡って振り返ると
崖のかげに小さい古いのがやはり立っている。

白いものが宙を舞う。
寒気が身を包む
外海府《そとかいふ》の海が荒れている
大野亀の巨大な姿があらわれる。

上栗代　かみあわしろ

人気《ひとけ》のない道ばたの小さな社《やしろ》の横に
人の背たけほどはある石の碑がある。
近づいてのびあがって見ると
人の名前が刻まれている。

日清戦争四名　満州事変二名
太平洋戦争百余名。

ずらりと何段にも並ぶ戦没者の名前
女名前もある。

どんな気持で
これだけたくさんの名前を刻んだのだろう。
どんな気持で
後の世に残そうとしたのだろうか。

＊奥三河の花祭の御神体が収められている八幡社。

戦災・震災　五篇

須磨　すま

離宮道の陸橋まで辿りつくと青空が見えた。
振り返ると街は
炎と黒煙に包まれていた。
浜へ出る　光る波。

炎からやっと逃れて来た人々
そこへ。

海面を這うようにグラマン飛来。
砂煙
倒れる人。

目の先で幼い血が砂に滲んで広がる。
夏の朝の日ざしに
乾く。

＊1945年6月5日。

琴坂　ことさか

学校からの帰り道。琴坂の登り口で。坂の下
からまっすぐに飛来したグラマン。操縦席の
若い男の顔が見えたような。笑ったような。

乗っていた自転車ほおりだして。道端の狭い
溝に転がり込んだ。銃弾が土煙あげ土手の草
を倒し池の水を跳ねた。

そのまま飛び去ったグラマン。溝からはい出したわたし。土に草に水に滲《にじ》む血の悪感。わたしから消えない血の記憶。

＊1945年7月。

竹原《たけはら》

爆発音黒煙火の手
竹藪が燃える。
山の奥の小さな村に
爆弾が。

爆撃の帰途
所かまわず。

気まぐれに落とした
残った一個だとか。

どこへ逃げても
逃げられない。
戦争は
追いかけてきた。

＊1945年8月。

長田　ながた　＊

持ち上げられて
前後左右に揺さ振られて。
布団《ふとん》はねのけてとっさに
妻に覆いかぶさる。
布団布団かぶってと妻が叫ぶ。

気がつけば

頭の脇にテレビが落ち。
足もとに箪笥《たんす》が飾り棚が
押し入れの戸が倒れこみ。
気がつけばわたしたち
家具に埋まっていた。

ベランダのむこう
黒煙立ちのぼり
焔が広がっていた。

*阪神淡路大震災。１９９５年1月17日午前5時46分。

長田　＊＊

あの日
地面が動いた。

西側の隣りの家とのあいだの犬走りが盛り上がって割れて狭くなった。北側の崖下の溝の鉄板が跳ね上がって溝が狭くなった。東側の溝がぐねぐね曲がって広くなった。南側の石垣の下の道に亀裂が入って道幅が広くなった。

あの日
地面が動いた。
動いたのはもちろん
地面だけではない。

*同前。

Ⅶ

地名抄　父の村　母の村

父の村　四篇

甲山　かぶとやま

甲山に登ると
父の村が見下ろせる。
すっかり色づいた稲田
刈り入れが始まっている。

東の山と西の山のあいだ
帯のような平地。
雲が流れてきて
流れていく。

なんという鳥なのか
尾の長い鳥が。
枝伝いに次々と数十羽
背後の茂みに消えた。

豊富　とよとみ

甲山《かぶとやま》降りてくると
甲池《かぶといけ》に水なく。
池の底の泥あらわれ
土手にススキ光る。

秋の村
コスモスの花揺れる。

雀群飛
柿の実たわわ。

土塀
気持よく乾き。
土塀に乾《ほ》した子供の運動靴
気持よく乾き。

ゆっくりと曲がる
村なかの道。
無人
蒼空。

仁豊野　にぶの　*

敗戦を知った次の日。なに思ったか父はわたしを連れて父の生地へやってきた。青い稲の波のなか照りつける真夏の太陽の下。墓の前で父はうつむいて考えごとをしていた。

次の汽車を待つあいだ駅のすぐそばの寺の涼しい門前に座って父はわたしにいろいろと話しかけたらしい。どんな話だったのかたずねてみるのだが父は笑って答えない。

＊一九四五年八月。父41歳、私14歳中学二年生。

仁豊野　＊＊

今わたしは寺の門前に座っている。
あの時と同じ場所に。

白く乾いた砂の上を
アリが這う。
セミの鳴き声
目の前の和辻医院の黒塀。

あのとき父はわたしに
なにかを手渡したかったにちがいない。
それでわたしは受け取ったか
受け取ってわたしは。

白く堅く乾いた砂地が
悪い鏡のようにわたしの思いをゆがめ。
セミの声は
降る礫のようにわたしを打つ。

＊一九六六年。21年後の夏。

母の村　五篇

構《かまえ》

小神　景雲寺　清水新
中垣内　構。
道はまっすぐ
山ぎわまで上り坂。

白く乾いた一本道
雲ひとつない空。
山ぎわで一休み
水が流れ　木が揺れ。

汗を拭き
木の実二つ拾い。
歩き出す
坂にかかる。

*おがみ、けいうんじ、しみずしん、なかがいち、かまえ。

琴坂　ことさか

景行天皇の御代のこと。出雲の国人がこの坂を通りかかり一休みした。坂の下で老父と娘が田を作っていた。国人はその娘の心を動かそうとおもい琴をひいてきかせた。

百年ばかり前のこと。日盛りの坂を越えていく男がいた。別の日、日の落ちる坂をすたすたと帰っていく男がいた。この坂の向こうの男を訪ねたのだった。

＊「欲使感其女　乃彈琴令聞　故号琴坂」（「播磨国風土記」）。
＊訪ねて行ったのは三木露風と有本芳水、いずれも詩人。訪ねられたのは花と反戦の詩人内海信之。

小犬丸　こいのまる

＊

汗流して
坂登り切ると。
切り通し
うす暗くひんやりと。
坂を下るとあらわれる
山あいの村。

コスモスの花咲き乱れる
母の村。

竹藪を回りこむと
母の家。
藁屋根　納屋
牛小屋　鶏小屋。

稲田の下の街道《かいど》を
赤トンボ群れ飛び。
夕日に照らされて
牛の行く。

小犬丸　＊＊

溜池　光る
ヒシの実　カイツブリ。
竹林　揺れる
タケノコ　雀。

赤土の崖曲がって
道はつづく。

ひがしむら　なかだに　だんよ
さみず　うるすべ　おくらうち。

次々とあらわれる
なつかしい小集落。
あたたかい土塀に
ツメキリソウの咲く。

*東村、中谷、大行。大行には詩人内海信之の家があった。

小犬丸　＊＊＊

トンド　かいぼり
モンドリ沈め　鉤《はり》流し。
闇夜のカニ釣り
ドジョウの目掘り。

桑の実の赤黒い粒々
山桃のまっ赤な舌。
棗《なつめ》の実の茶褐色のヒビ割れ
アケビの黒い種白い汁。

イノシシがかかった罠の鉄錆の臭い
タヌキの足跡かくす枯れ落葉。
ヤマバトの遠い声
キジの糞《ふん》。

早朝湯気立つ田にさしこむ日影
日中《ひなか》通り雨のあとの軒端の雫《しずく》。
夕刻《ゆうこく》縁側の涼風無為
夜半こもってひびく梟《ふくろう》の声。

＊トンド＝左義長、どんど焼き。　かいぼり＝掻い掘り、池さらえ。

*

あとがき

本書は昨年十一月に上梓した詩集『地名抄』に続くものである。前詩集ならびに本書校正刷を読み返していると、〈辿る〉なる語が頻出する。〈辿る〉〈辿って辿って〉〈歩いて歩いて〉〈辿りつく〉、そして〈辿って辿って〉〈歩いて歩いて〉〈辿り返す〉。よって本書を『辿る　続地名抄』とする。

前詩集の「あとがき」でわたしは次のように記している。

「本詩集にあらわれる地は、出かけたところ、滞在したところ、あるいは通り過ぎただけのところはもちろんのこと、出かけたことも通り過ぎたこともない未知の地もある。そのいずれもが今確かにまざまざと思いえがける地である。まこと〈そこにある〉なつかしい地である。」

これは本書にもそのまま当てはまる。

既刊詩集には地名をタイトルとしたものが九冊ある。『能登』『佐渡』『西馬音内』『異国間』『秋山抄』『椿崎や見なんとて』『蟹場まで』『久遠』『有珠』。さらに『記憶めくり』『記憶の目印』などを加えると、地名を題とした詩は300篇ばかり。前書『地名抄』100篇と本書『辿る　続地名抄』101篇を加えると、500篇余となる。

本書収録の詩篇は下記以外すべて書き下ろし・未発表である。
「艫作」(『ひょうご現代詩集2018』2019年3月)
「須磨」「竹原」(「詩人会議」2019年1月号)
「大野亀」「上粟代」(「詩人会議」2019年8月号)
「添沢」「白石島」「関金」「春来」「高梁**」(「歴程」608・609合併号2019年5月)
「春来」「高梁**」(上記二篇は再掲)「下粟代」「琴浦」「湯原*」「福浦」「妙高*」「魚島*******」(「ぜぴゅろす」第13号夏号2019年6月)

カバー絵は故津高和一。本書で十三冊目。取り出して並べると津高さんの小さな個展のよう。

今年三月、地名詩群一〇一篇書き上げたところで体調を崩して入院を余儀なくされた。五月、やっと退院帰宅して本書をまとめることができた。支えてくれる妻玲子にあらためて感謝する。

二〇一九年七月

安水稔和

安水稔和《やすみず・としかず》　著作目録

＊　詩集

第一詩集　存在のための歌　一九五五年　くろおぺす社
第二詩集　愛について　一九五六年　人文書院
第三詩集　鳥　一九五八年　くろおぺす社
第四詩集　能登　第一回半どんの会芸術賞文学賞　一九六二年　蜘蛛出版社
第五詩集　花祭　一九六四年　蜘蛛出版社
第六詩集　やってくる者　一九六六年　蜘蛛出版社
第七詩集　佐渡　一九七一年　蜘蛛出版社
第八詩集　歌のように　一九七一年　蜘蛛出版社
第九詩集　西馬音内《にしもない》　一九七七年　蜘蛛出版社
第十詩集　異国間《いこくんま》　一九七九年　蜘蛛出版社
第十一詩集　記憶めくり　第十四回地球賞　一九八八年　編集工房ノア
第十二詩集　風を結ぶ　一九九三年　編集工房ノア
第十三詩集　震える木　一九九四年　編集工房ノア
第十四詩集　秋山抄《あきやましょう》　第六回丸山豊記念現代詩賞　一九九六年　編集工房ノア

第十五詩集　生きているということ　第四十回晩翠賞　一九九九年　編集工房ノア
第十六詩集　椿崎や見なんとて　第十六回詩歌文学館賞　二〇〇〇年　編集工房ノア
第十七詩集　ことばの日々　二〇〇二年　編集工房ノア
第十八詩集　蟹場まで《がにばまで》　第四十三回藤村記念歴程賞　二〇〇四年　編集工房ノア
第十九詩集　久遠《くどう》　二〇〇八年　編集工房ノア
第二十詩集　ひかりの抱擁　二〇一〇年　編集工房ノア
第二十一詩集　記憶の目印　二〇一三年　編集工房ノア
第二十二詩集　有珠《うす》　二〇一四年　編集工房ノア
第二十三詩集　甦る《よみがえる》　二〇一七年　編集工房ノア
第二十四詩集　地名抄　二〇一八年　編集工房ノア
第二十五詩集　辿る　続地名抄　二〇一九年　編集工房ノア

＊

選詩集　安水稔和詩集（現代詩文庫）　一九六九年　思潮社
全詩集　安水稔和全詩集　一九九九年　沖積舎
自選詩集　安水稔和詩集　二〇〇〇年　沖積舎
遠い声　若い歌　『安水稔和全詩集』以前の未刊詩集　二〇〇九年　沖積舎
選詩集　春よ　めぐれ（文庫判）　二〇一五年　編集工房ノア
全詩集　安水稔和詩集成（上下）　二〇一五年　沖積舎

＊　ラジオのための作品集
木と水への記憶　一九九四年　編集工房ノア
ニッポニアニッポン　一九九五年　編集工房ノア
君たちの知らないむかし広島は　一九九五年　編集工房ノア
島　一九九七年　編集工房ノア
鳥の領土　二〇一三年　編集工房ノア

＊　舞台のための作品集
紫式部なんか怖くない　二〇一二年　編集工房ノア

＊
旅行記　幻視の旅　旅に行け／旅に行くな（文研新書）　一九七三年　文研出版
評論集　歌の行方―菅江真澄追跡　一九七七年　国書刊行会
評論集　鳥になれ　鳥よ　一九八一年　花曜社
エッセイ　きみも旅をしてみませんか（吉野ろまん新書）　一九八二年　吉野教育出版
エッセイ　おまえの道を進めばいい　播磨の文人たちの物語　一九九一年　神戸新聞総合出版センター
詩文集　神戸　これから―激震地の詩人の一年　一九九六年　神戸新聞総合出版センター
詩文集　焼野の草びら―神戸　今も　一九九八年　編集工房ノア
詩文集　届く言葉―神戸　これはわたしたちみんなのこと　二〇〇〇年　編集工房ノア
評論集　新編　歌の行方―菅江真澄追跡　二〇〇一年　編集工房ノア

評論集　眼前の人―菅江真澄接近　二〇〇二年　編集工房ノア
評論集　おもひつづきたり―菅江真澄説き語り　二〇〇三年　編集工房ノア
評論集　竹中郁　詩人さんの声　二〇〇四年　編集工房ノア
評論集　小野十三郎　歌とは逆に歌　二〇〇五年　編集工房ノア
詩文集　十年歌―神戸　これから　二〇〇五年　編集工房ノア
評論集　内海信之　花と反戦の詩人　二〇〇七年　編集工房ノア
評論集　未来の記憶―菅江真澄同行　二〇〇九年　編集工房ノア
旅行記　新編　幻視の旅　二〇一〇年　沖積舎
評論集　杉山平一　青をめざして　二〇一〇年　編集工房ノア
旅行記　菅江真澄と旅する―東北遊覧記行（平凡社新書）　二〇一一年　平凡社
評論集　ぼくの詩の周辺―初期散文集　二〇一三年　沖積舎
自叙伝　生あるかぎり言葉を集め―神戸、この街で　二〇一三年　神戸新聞総合出版センター
随想集　声をあげよう　言葉を出そう　神戸新聞読者文芸選者随想　二〇一五年　神戸新聞総合出版センター
詩文集　隣の隣は隣―神戸　わが街　二〇一六年　編集工房ノア
随想集　神戸　わが町―ここがロドスだ　ここで踊ろう　二〇一六年　神戸新聞総合出版センター
評論集　一行の詩のためには―未刊散文集　二〇一六年　沖積舎

＊

選詩集　一〇〇年の詩集　兵庫神戸詩人の歩み（共編）　一九六七年　日東館

選詩集　小野十三郎（現代教養文庫）（編著）　一九七二年　社会思想社
選詩集　神戸の詩人たち　戦後詩集成（共編）　一九八四年　神戸新聞出版センター
選詩集　兵庫の詩人たち　明治大正昭和詩集成（共編）　一九八五年　神戸新聞出版センター
選詩集　竹中郁詩集（現代詩文庫）（編解説）　一九九四年　思潮社
選詩集　安西均詩集（芸林21世紀文庫）（編解説）　二〇〇三年　芸林書房
全詩集　竹中郁詩集成（共編）　二〇〇四年　沖積舎

辿《たど》る　続《ぞく》地《ち》名抄《めいしょう》

二〇一九年九月十五日発行

著　者　安水稔和《やすみずとしかず》

発行者　涸沢純平

発行所　株式会社編集工房ノア

〒五三一―〇〇七一

大阪市北区中津三―一七―五

電話〇六（六三七三）三六四一

FAX〇六（六三七三）三六四二

振替〇〇九四〇―七―三〇六四五七

組版　株式会社四国写研

印刷製本　亜細亜印刷株式会社

ISBN978-4-89271-314-9